milk and honey 밀크 앤 허니

milk and
honey 밀크 앤 허니

여자가 살지 못하는 곳에선
아무도 살지 못한다

루피 카우르 지음 | 황소연 옮김

천문장

나를
안아 주는
팔들에게 바침

간밤에 나의 심장이 나를 깨워 울게 했다
어떻게 하지
나는 안절부절못했다
심장이 말했다
책을 쓰라

차례

그런
상처

너는 어쩜 그리 쉽게
사람들에게 친절해
그가 묻길래

나는 젖과 꿀이 흐르는 입술로
대답해 주었다

그동안 사람들이 내게
친절하지 않았으니까

처음 타보는 자전거의 손잡이처럼
내 어깨를 움켜잡고
내리누르던 남자아이
내 나이 다섯 살
내 첫 입맞춤

그 애의 입술에서 풍기던
굶주림의 냄새
새벽 4시 그 애 엄마를 탐식하던
그 애 아버지한테 옮은 허기

나는 창녀만도 못하구나
생각하게 만드는 사람이
내 몸을 원하면
줘야 한다고 가르친
최초의 소년

그래
새벽 4시 25분 그애 엄마가 그랬듯
나도 공허했었지

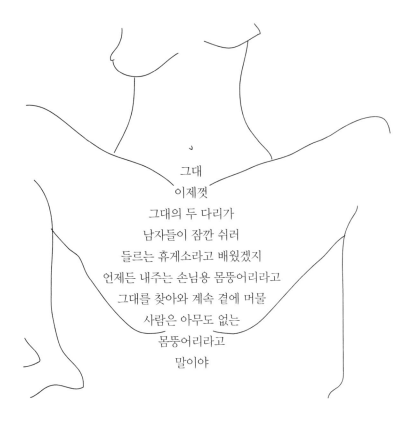

그대
이제껏
그대의 두 다리가
남자들이 잠깐 쉬러
들르는 휴게소라고 배웠겠지
언제든 내주는 손님용 몸뚱어리라고
그대를 찾아와 계속 곁에 머물
사람은 아무도 없는
몸뚱어리라고
말이야

내 혈관 속에 흐르는
당신의 피가 묻는군요
어떻게 잊을 수가
있냐고

심리치료사가 네 앞에
인형을 놓았어
그 아저씨들이 만지던
여자애들 만한 인형

아저씨 손이 어디 있었는지 가리켜 보렴

넌 인형의 다리 사이 그 부위를
아저씨가 만지작거린 곳을
가리켜
고백하듯

그때 기분이 어땠니

넌 가슴속 응어리를
목구멍 위로 끌어내
입안에 머금고는
말해
괜찮아요
아무 느낌 없었어요

– 주중 상담 치료

15

당신이 태어나 처음
사랑하게 되는 남자
어디를 가든 여전히
찾게 되는 그 남자

- 아버지

당신이 내 목소리를
질겁하기에
나도 따라
질겁하게 된 거야

그녀는 장미
그녀를 지켜줄 생각이
전혀 없는 자들의
손아귀에 든
장미였다

매번 당신은
사랑해서
소리 지른 거라고
말하지만
그건 당신 딸에게
분노를 사랑이라
가르치는 꼴
장차 당신 딸이
아버지와 꼭 닮았다는 이유로
상처 주는 남자를 믿는
여자가
되기를 바란다면
좋은 방법
같긴 해

– 딸을 둔 아버지들에게

19

나 섹스했어
그녀는 말했지만
나는 사랑을 나누는 게
어떤 기분인지
모르겠어

어렴풋이라도
안전한 게 무엇인지
알았더라면
그런 인간들 품에
안겨 있는 시간을
줄일 수 있었을 텐데

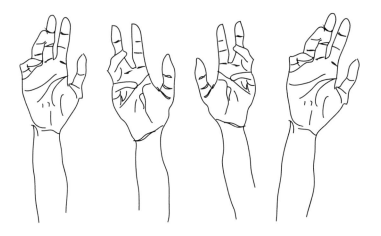

섹스는 양쪽의 동의가 필요하다
한쪽이 준비가 안 되었거나
마음이 내키지 않거나
그저 하기 싫어서
가만히 누워만 있는데
다른 한쪽이 섹스를 밀어붙인다면
그건 사랑이 아니라
강간이다

이런 생각이 들어
우리는 능히
사랑할 능력을 가지고도
유해 물질을
자처한다는

몸과 마음을
온전히 지키려고
애쓰는 여자가
집안의 명예를 더럽힌다는
생각만큼
커다란 착각도 없다

당신은
당신 발로
내 두 다리를
바닥에
짓밟고는
내게 일어서라고
명령했다

강간은
네 몸을 두 동강
내겠지만

그렇다고
네 인생이
끝나진 않아

당신은
슬픔이 살 수 없는
자리에
슬픔을 간직하고
있군요

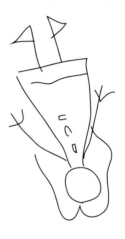

딸이 아버지에게
애정을
구걸하는 일은
있어서는
안 된다

내게도
내 자리가 있다고
그럴 자격이 있다고
스스로 다독이자니
천생 오른손잡이가
왼손으로 글을 쓰는
기분이
이런 건가
싶네

– 의기소침도 유전병

내 의견 때문에
내 아름다움이 바랜다면서
자제하라고 하지만
나는 내 안의 불덩이처럼
꺼질 수도 없고
내 혀 위의 가벼움처럼
쉽게 삼켜지지도 않아
나는 절반은 칼날
절반은 실크로 된
무거운 사람
잊기도 어렵고
머리로 따라오기도
어려운 사람

멜론 속을
싹싹 긁어 먹듯
그녀의 내장을 발라내는
그의 손가락

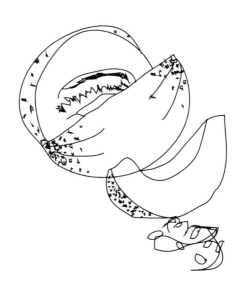

당신의 어머니는
습관처럼
당신이 감당 못할 사랑을
퍼붓고

당신 아버지는 어디에도 없죠

당신은 전쟁
두 나라 사이의 국경선
부수적 피해
둘을 이으면서 갈라놓는
패러독스

엄마 배 속에서 나왔을 때가
첫 번째 비움
딸들이 보이지 않길 바라는
가족을 위해
움츠러드는 법을 배웠을 때가
두 번째 비움
비우는 기술은
간단하다
너는 하찮다는
그들의 말을 믿는 것
그 말을 소원처럼
되뇌는 것
나는 하찮다
나는 하찮다
나는 하찮다
계속 외우다보면
들썩이는 가슴이 아니면
살아 있는 이유조차
모르게 된다

– 비움의 기술

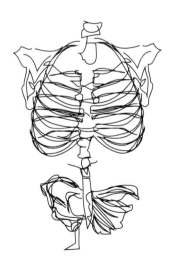

넌 네 엄마를 빼박았구나

　　　내가 보기에도 다정한 건 엄마랑 꽤나 비슷해

둘은 눈도 똑같아

　　　우리 둘 다 지쳤거든

손은 또 어떻고

　　　우리 둘 다 시든 손을 가졌어

하지만 그 분노 네 엄마는 비친 적 없는 그 화는

　　　그래 맞아
　　　내가 아버지한테 물려받은 건 단 하나
　　　이 분노

　　　　　(워선 샤이어의 〈inheritance〉에 바치는 경의)

저녁밥을 먹다가
엄마가 이야기를 나누려고
입을 열라치면
아버지는 쉿 하는 말을
엄마의 입술 사이로 밀어넣고
입에 음식물이 가득할 땐 말하지 말라고 했다
이게 바로
우리 집안 여자들이
입을 다물고
살아가는 걸 배우는
방식이었다

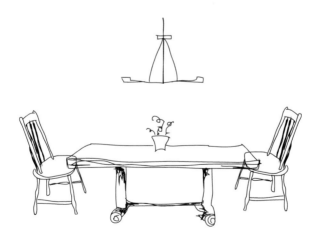

우리의 무릎은
사촌들
삼촌들
남자들의 손에
비틀려 열려
그래서는 안 되는 사람들이
우리의 몸을 만져대
그건 가장 안전한
침대에서도 마찬가지라
우리를 두렵게 해

아버지. 아버진 늘 그냥 전화했다고 하죠. 내게 뭐하냐 어디냐 묻고 우리 사이에 영겁 같은 침묵이 흐를 때면 난 대화를 이어가려고 서둘러 질문을 던지곤 해요. 아버지에게 꼭 하고 싶은 말이 있어요. 이 세상이 아버지를 망가뜨렸다는 거 알아요. 겨우 버텨왔다는 것도. 아버진 내게 다정하게 군 적 없지만 그걸 탓하진 않아요. 때로 아버지에게 받은 상처들을 생각하며 밤을 새곤 해요. 아버지는 절대 언급하지 않을 상처들. 관심에 목말라 아파하는 그 피는 내게도 흘러요. 관심에 목말라 아파하는 그 뼈는 내게도 있어요. 그래서 스스로 무너지곤 해요. 난 아버지 딸이에요. 아버지는 잡담밖에 할 줄 모른다는 거 알아요. 그게 아버지가 사랑을 드러내는 유일한 방법이라는 것도. 그게 내가 아버지에게 하는 유일한 방법이기도 하니까요.

내 안으로 돌진하는 네 두 손가락에 난 충격에 휩싸여. 벌어진 상처를 고무로 헤집는 기분이랄까. 거부감이 들어. 넌 점점 더 빨리 쑤셔대기 시작하지만 난 아무 느낌도 없는걸. 내 반응을 보려고 네가 내 얼굴을 찾으면 난 네가 아무도 없는 줄 알고 몰래 보는 그 비디오 속 벌거벗은 여자들의 흉내를 내. 그 여자들의 신음 소리를 따라하지. 공허하고 굶주린. 기분 좋냐는 네 물음에 하도 빨리 응 하는 대답이 나와서 연습이라도 한 듯 들려. 연기일 뿐인데. 넌 그걸 몰라.

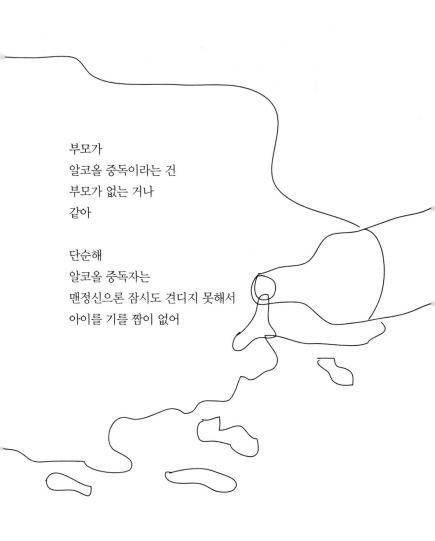

부모가
알코올 중독이라는 건
부모가 없는 거나
같아

단순해
알코올 중독자는
맨정신으론 잠시도 견디지 못해서
아이를 기를 짬이 없어

난 모르겠어
엄마가 아버지를
두려워하는 건지 사랑하는 건지
내 눈에는 똑같아 보여

날 만지는 네 손길에 움찔하는 건
그 사람일까 두려워서야

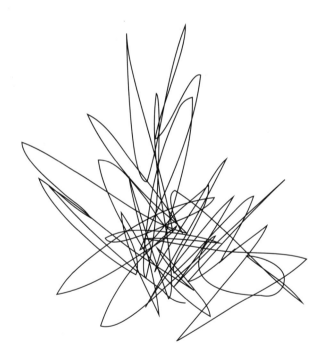

그런
사랑

내 나이 네 살 무렵
엄마가 둘째 아이를 임신했을 때
엄마가 어떻게 그리 순식간에 커다래졌는지
하도 이상해서 엄마의 부푼 배를 가리켰고
아버지는 나무 둥치 같은 두 팔로 나를 보듬고는
여자의 몸은 지상에 내려온 신처럼
생명이 태어나는 곳이라고 말했다
어른 남자한테
어마어마한 말을 들은
어린 꼬마는
어머니의 발치에 엎드린 우주를
보았다

어떻게
한 사람이
아무런 보답도
바라지 않고
누군가에게
온 영혼을 불어넣고
피와 에너지를
쏟아부을 수 있는지
생각하고 또 생각해도
난 모르겠다

− 난 아무래도 엄마가 될 때까지 기다려야 할 것 같아

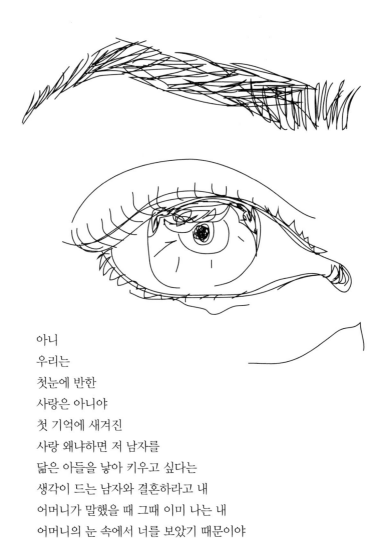

아니
우리는
첫눈에 반한
사랑은 아니야
첫 기억에 새겨진
사랑 왜냐하면 저 남자를
닮은 아들을 낳아 키우고 싶다는
생각이 드는 남자와 결혼하라고 내
어머니가 말했을 때 그때 이미 나는 내
어머니의 눈 속에서 너를 보았기 때문이야

모든 혁명은
그이의 입술에서
시작하고
끝이 난다

나는 너한테 뭐야
그가 물으면
나는 두 손을
그이의 허벅지에 놓고 속삭여
나에게 넌
내가 이제껏 가진 모든 희망
사람의 형상을 한 모든 희망

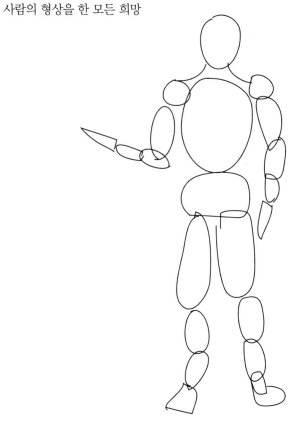

내가 널 좋아하는 건
무엇보다 너의 냄새
너의 냄새는
땅
허브
정원
너는 어느 누구보다
사람 냄새가 나는 사람

알아요
이 정도로 무너지면
안 된다는 거
하지만
그런 남자
본 적 있나요
그이는 매일 밤
태양을 무릎 꿇리는
남자랍니다

그대는 믿음과
맹목적 기다림 사이의
희미한 선

– 미래의 연인에게 띄우는 편지

내게 책을 읽어주는
네 목소리보다 더
안전한 소리는
이 세상에 없어

– 완벽한 데이트

그의 손이
향한 곳은
내 허리도
내 엉덩이도
내 입술도 아닌
내 마음이었고
나를 부른
그의 첫 말은
예쁘다가 아니라
그림 같다였다

– 그가 나를 건드리는 방식

나 스스로를 사랑하는 것이
그를 사랑하는 길임을
배우고 있다

미안하지만 나는 누구나 원하는 쉬운 사람은 아니야
나는 그의 말에 놀라
그를 쳐다 봐
내가 쉬운 사람을 원한다고 누가 그래?
난 쉬운 거 별로야
난 개어려운 게 좋아

네 생각만 해도
난 두 다리가 벌어져
예술을 갈망하는
이젤처럼 캔버스처럼

나는 너를
맞이할 준비가 됐어
항상 너를 맞이할
준비가
돼 있었어

– 처음으로

너를 이용해 내 마음속 빈자리를
채울 생각은 없어
나는 나로 채우고 싶어
꽉꽉 채워 충만해지고 싶어
온 도시를 환히 밝힐 수 있을 만큼
그 후에
너를 갖고 싶어
그래야 우리 둘의 결합이
불꽃을 일으킬 테니까

사랑은 올 거예요
일단 오면
사랑은 당신을 붙잡고
당신 이름을 부르고
당신은 나긋해지겠죠
가끔씩
사랑에 마음 아프겠지만
사랑은 일부러 그러지 않아요
사랑은 게임을 못해요
사랑은 알거든요
그러지 않아도
삶이 이미 힘들다는 걸

너 때문에 말문이 막힌다고
내가 말하거든
그건 거짓말이야
사실은 말이지
네가 내 혀의 힘을 다 빼놔서
무슨 말을 해야 할지
잊어버린 거야

61

그가 내게 무슨 일을 하느냐고 물었다
작은 포장재 회사에서 일해 무슨 포장재냐면……
그는 내 말을 자르며 끼어들었다
아니 먹고 사는 일 말고
네가 미쳐서 하는 일
밤에도 깨어 하는 일 말야

나는 글을 쓴다고 말했다
그가 뭐든 보여달라길래
나는 손가락 끝을 그의 팔뚝 안쪽에 넣고는
꼬집었다
닭살이 살갗 위로 올라오고
그의 입이 앙다물리고
근육은 단단해졌다
내 눈을 파고드는 그의 눈은
내가 그의 눈이 깜빡이는 이유라고 말하는 듯했다
그의 몸이 내게 슬슬 기울어지길래
나는 힘을 풀고 뒤로 물러섰다

그러니까 이게 네가 하는 일이구나
관심을 명령하는 거
내 붉어진 뺨이
수줍게 웃으며
속내를 털어놓았다
나도 모르게 그랬다고

넌 내 첫사랑은 아니야
그렇지만
다른 사랑을 모두 타인으로 만들어버리는
그런 사랑이야

손끝 하나
대지 않고도
나를 만지는 너

산불 같은 나를
너는 어쩜 그리
부드럽게
흐르는 물로
바꿔 놓는지

네게서 꿀 냄새가 나
고통의 냄새는 없지
너를 맛보고 싶어

너의 이름은
가장 강한 긍정과
가장 강한 부정을
함축한 언어
나를 살맛 나게 하는가 하면
며칠씩 고통 속에 내치기도 해

넌 너무 말이 많아
그는 내 귀에 속삭이지
그 입을 더 나은 방법으로 써 먹어야겠어

내 옷을 벗기는 건
너의 목소리

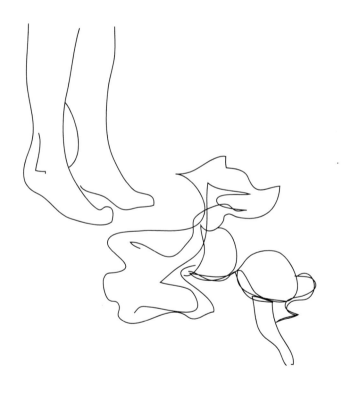

내 이름의 울림은
네 혀에 맴도는
달달한 프렌치키스

내 머리를 감싸 쥐고
당기는
너의 손가락에
나는 악기처럼
음악을
쏟아내

– 전희

이런 날에는
네가
내 머리카락을
쓸어넘기며
조근조근
속삭여 줬으면

- 너

네 손이
내 손을
잡지 않기를
네 입술이
내 입술이 아닌
다른 곳에
키스하기를

투쟁이 무엇인지
나만큼 아는 사람이
필요해
서 있기도 힘든 날엔
내 발을 기꺼이 자기 무릎에
올려 줄 사람
내가 깨닫기 전에
내게 필요한 것을 주는 그런 사람
내가 말하지 않아도
내 말을 이해하는 그런 연인
나를 그렇게
알아주는
사람을 원해

– 내게 필요한 연인

너는 내 손을
내 두 다리 사이에 넣고
속삭이지
나를 위해 그 작고 예쁜 손가락으로 춤춰 봐

– 솔로 공연

우리 너무 싸워. 둘 다 기억도 못하고 신경도 쓰지 않는 것들을 가지고 말야. 어쩌면 더 큰 문제를 피하는 우리만의 방법이겠지. 왜 예전처럼 자주 대화하지 않는 걸까. 사랑한다고. 이런저런 일들로 싸움만 해. 누가 일어나서 불을 끌거냐 누가 퇴근하고 냉동 피자를 데울거냐. 서로의 아픈 데를 건드리면서. 우린 가시를 만지작거리는 손가락이야. 어디가 아픈지 정확히 알지.

그런데 오늘밤엔 전부 다 쏟아져 나왔어. 저번에 네가 자다가 분명 내 이름이 아닌 다른 이름을 웅얼거린 것까지도. 지난주에 네가 야근을 한다고 했던 일도. 그때 말이야 네 회사로 전화했었어. 근데 넌 두 시간 전에 퇴근했다고 하더라. 그때 너 두 시간 동안 어디 갔었니.

알아. 알아. 네 변명은 세상 그럴싸해. 그런데 난 왠지 울컥해서 울음을 터뜨리고 말았어. 그치만 자기야 뭘 기대한 거야. 당신을 너무 사랑해. 미안해. 난 당신이 거짓말하는 줄 알았어. 이런 거 말인가.

넌 낙담해 손으로 머리를 감쌌지. 그만 좀 하라는 애원 반 지겨워 죽겠다는 싫증 반. 우리 입안의 독소에 뺨이 뚫릴 판이야. 우리의 생기는 예전만 못해. 안색마저 흐릿하지. 하지만 너 자신을 속이지는 마. 우리 관계가 아무리 나빠진다고 해도 너나 나나 알고 있잖아. 네가 아직 나한테 꼴려 있다는 걸.

특히 지금처럼 내가 고래고래 고함을 지르고 우리가 싸우는 소리에 이웃들이 깰 때는 더 그렇지. 사람들이 우리를 구하려고 문 앞으로 달려왔네. 자기야 문 열지 마.

그 대신. 나를 눕혀줘. 나를 지도처럼 펼쳐줘. 그리고 손가락으로 나랑 **** 하고 싶은 곳들을 찾아줘. 키스해 내가 중력의 중심인 것처럼. 집중해 내 영혼이 네 영혼의 초점인 것처럼. 그리고 입 말고 다른 데 키스해줘. 이번에도 내 다리는 활짝 열릴 테니. 그리고 너를. 안으로 끌어당길 테니. 기꺼이. 널 맞아줄게.

온 동네 사람들이 대체 이 소란은 뭘까 창밖을 내다봐. 소방차는 우리를 구하려고 다가오지만 연기의 발화점을 가늠하지 못하지. 우리의 분노인지 우리의 열정인지. 나는 미소를 지어. 그러고는 고개를 뒤로 젖히지. 산처럼 휘어지는 내 몸을 넌 두 동강 내려고 들어. 자기야 나를 핥아줘.

네 입은 읽는 재주가 있고 나는 네가 좋아하는 책이야. 제일 좋은 페이지를 찾아 봐. 내 다리 사이 부드러운 그곳. 그리고 차근차근 읽어. 유창하게. 생생하게. 단 한 글자도 뛰어넘을 생각 마. 훌륭한 결말은 내가 보장해. 마지막 몇 마디가 흘러나와 네 입으로 달려갈 거야. 끝나면 앉아. 내가 엎드려 음악을 연주할 차례니까.

착한 우리 자기. 이것이. 우리가 혀를 할짝거려서 서로의 언어를 끌어내는 방식. 이것이 우리가 대화하는 방식. 이것이. 우리만의 방식.

−우리만의 방식

그런
이별

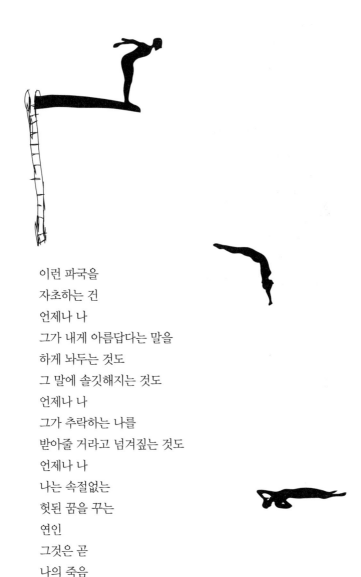

이런 파국을
자초하는 건
언제나 나
그가 내게 아름답다는 말을
하게 놔두는 것도
그 말에 솔깃해지는 것도
언제나 나
그가 추락하는 나를
받아줄 거라고 넘겨짚는 것도
언제나 나
나는 속절없는
헛된 꿈을 꾸는
연인
그것은 곧
나의 죽음

너보다 내가 아깝다는 말을
엄마가 할 때마다
난 버릇처럼 네 편을 들어
네가 여전히 나를 사랑한다고
내가 소리치면
엄마는 패배감이 어린 눈으로
어쩌지 못할 고통임을
깨달은 부모가
자식을 바라보는 눈으로
나를 보며 말해
그놈이 너를 사랑한다고 해도
사랑하지 않고는 못 배긴다고 해도
엄마에겐 아무런 의미가 없다고

그땐 네가 너무 아득해서
네가 거기 있다는 것조차
잊고 말았어

네가 말했지. 인연이 닿는다면. 운명이 우리를 다시 이어줄 거라고. 네가 그렇게 순진한 사람이었나 잠시 의아했어. 정말 운명이 그렇게 작동할 거라고 믿는지. 마치 뭔가가 하늘에 살면서 우리를 내려다보는 것처럼. 그리고 다섯 손가락으로 우리를 체스판의 말인 양 조종하는 것처럼. 말해봐 누가 그런 걸 가르쳐 줬는지. 누구의 말에 넘어갔는지. 그 마음과 머리는 진짜 네 것이 아니야. 그런 행동은 네 미래를 만들어주지 못해. 소리치고 싶어. 고함을 지르고 싶어. 바보야 주인은 우리야. 우리를 다시 이어줄 수 있는 건 오직 우리 둘뿐이야. 하지만 나는 조용히 앉아 있었어. 바르르 떨리는 입술로 살며시 미소를 지으며 생각했지. 이런 비극이 또 있을까. 내 눈엔 분명히 보이는데 상대는 그렇지 않다니.

소금을 설탕으로
착각하지 말아요
그가
당신과 함께하길 원한다면
그렇게 할 테니까
단순해요

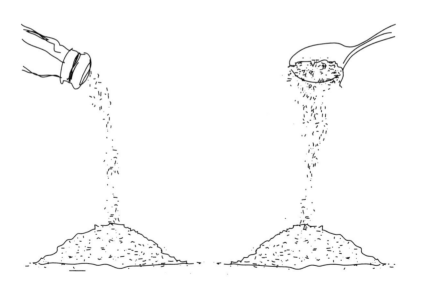

그의 입은
사랑한다고 속삭이는데
그의 손은
네 허리춤 속을
파고들지

네가 꼭
알아야 할 게 있어
욕망과 필요는 달라
그래 넌 이 남자를
원할지도 몰라
하지만 꼭 필요한 건
아니야

매혹적이고 아름다운 너
나는 너에게 다가갔지만
찔리고 말았다

내 뒤에 오는 여자는 나의 해적판. 그녀는 너에게 시를 써 바치겠지. 내가 네 입술에 새겨둔 시를 지우려고. 하지만 그건 네 가슴에 펀치처럼 꽂히던 내 시어와는 다를 거야. 그럼 그녀는 네 몸을 애무하려 들겠지. 하지만 절대 나처럼 핥고 어루만지고 빨지는 못해. 그녀는 네가 놓친 여자의 서글픈 대체물일 뿐. 무슨 짓을 해도 그녀는 널 흥분시키지 못해. 그래서 그녀는 무너질테지. 줘도 줘도 되돌려 주지 않는 남자에게 신물이 날 무렵 그녀는 안타깝게 바라보는 네 눈꺼풀에서 나를 발견하고는 충격을 받을 거야. 영영 손대지 못할 여자를 사랑하느라 여념이 없는 남자를 과연 그녀가 사랑할 수 있을까.

다음
블랙 커피는
맛이 더 쓰겠지
그가 남긴 쓴맛에
눈물도 나겠지
그렇다고 끊을 수는
없잖아
그 쓴맛이
아무리 지독해도
없는 것보단 나아

무엇보다
너를 내게서
지켜내고 싶다

그의 남성성이
네 다리 사이에 머물렀던 숱한 밤들
그렇게 외로움을 달랬던 밤들

네가 속삭이는 말은
사랑해
네가 하고픈 말은
가지 마

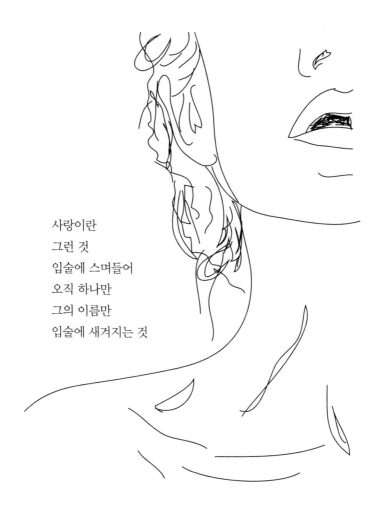

사랑이란
그런 것
입술에 스며들어
오직 하나만
그의 이름만
입술에 새겨지는 것

내가 너의
가장 아름다운 후회란 걸
깨닫는 순간 넌
많이 아플 거야

더는 너를 사랑하지 않을 때도
나는 떠나지 않았다
내가 너를 떠난 것은
네게 머물수록
나 자신을 사랑하는 마음이
흔들릴 때였다

그들이 널 원하게 만들려고
안달해서는 안 돼
그들이 스스로 널
원해야 해

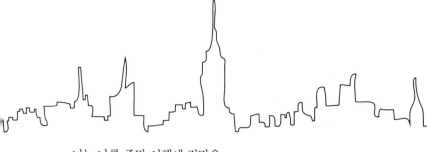

너는 나를 주말 여행에 걸맞은
대도시로 여긴 거니
나는 대도시 옆 작은 마을이야
늘 지나다니면서도
들어본 적 없는 그런 곳
여기에 네온 불빛은 없어
마천루나 동상도 없지만
천둥은 쳐
내가 다리들을 흔들 때 그래
나는 길거리 핫도그가 아니라 수제 잼이야
네 입술은 감히 모르는
진한 단맛이지
나는 경찰 사이렌이 아니야
벽난로에서 타닥타닥 타는 장작불이지
내가 널 태워 버릴지도 모르는데
넌 내게서 눈을 못 떼는구나
내가 좀 아름다워야 말이지
너 볼 빨개졌어
나는 호텔 방이 아니라 집이야
나는 네가 원하는 위스키가 아니라
네게 필요한 물이야
휴가를 보내려는 마음으로
여기 오지는 말아줘

너 다음에 올 사람은
사랑이 원래 부드러운 것임을
내게 일깨워 주겠지

그이는
시 맛이 날 거야
시를 쓰고 싶어질 만큼

만약 그가
여자들이 안 보는 데서
참지 못하고
여자들을 깎아내린다면
그의 언어가
독기를 품고 있다면
그가 당신을
무릎에 앉히고
입안의 꿀처럼 굴어도
당신에게 설탕을 먹이고
장미수를 부어도
그는 달콤한 남자가
아니야

– 그가 어떤 남자인지 알고 싶다면

난 예술품이 가득한 박물관인데
왜 넌 눈을 꽉 감고 있는 거야

그때 넌 깨달았겠지
네가 틀렸다는 걸
네 손가락은
내 안 깊숙이 들어와
꿀을 찾았지만
꿀은 너를
맞이하지 않았으니까

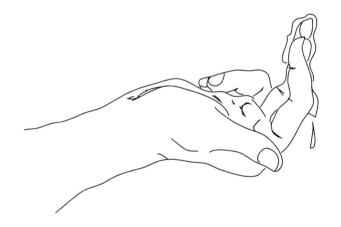

애초에
매달릴 가치가 있는 것이었다면
놓아주지도 않았겠지

당신이 무너졌을 때
그가 떠났다고 해서
당신이 부족한 건 아닌지
자문하지 말아요
오히려
당신이 너무 과분해
그가 감당할 능력이
없었던 거예요

사랑이
마음속에 도사린 위험을
안전으로 덧칠했다

그녀의 옷을 벗길 때도
넌 나를 찾고 있잖아
미안해 내가
너무 맛이 좋았어
너희 둘이 뒹굴 때도
네 혀는
무심코
내 이름을
내뱉겠지

당신은 그들을
당신과 결이 같은 사람으로
대우하지만 세상엔
순하고 착한 사람들만 있는 게 아니죠

사람을
있는 그대로 보지 않고
나아질 거라
기대하는 당신

퍼 주고 또 퍼 주죠
그들에게 단물을 다 빨리고
껍데기로 버려질 때까지

떠나야 했어
네 곁에선
부족한 사람이라는
온전치 못한 사람이라는
느낌이 들어
괴로웠어

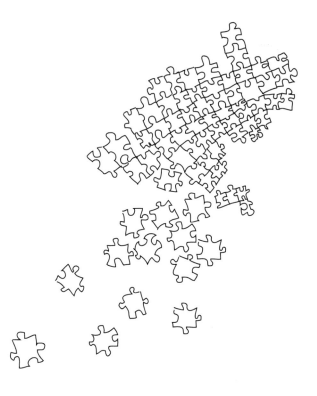

너는 내 삶에 다시 없을 아름다운 존재였어. 나는 네가 내 평생 다시 없을 아름다운 존재로 남으리라 확신했지. 그게 얼마나 강력한 족쇄인지 모를 거야. 그 어린 나이에 내 평생 가장 유쾌한 사람을 만났구나 하는 생각 말이야. 남은 생은 무엇에 마음을 붙이고 살아가야 하나. 날것 그대로의 꿀을 맛보았는데 앞으로는 정제된 인공의 맛만 보겠구나. 이제부터는 모든 게 시들하겠구나. 내 앞에 놓인 모든 세월을 다 합쳐도 너보다 더 달콤하진 않겠구나 생각했어.

– 기만

균형 잡힌 삶이란 게 뭔지 모르겠어
슬플 때 난
훌쩍이지 않아 엉엉 울지
행복할 때 난
미소 짓지 않아 활짝 웃지
분노할 때 난
소리치지 않아 활활 타오르지

극단의 감정이 좋은 게 뭐냐면
사랑할 때 난
감정에 날개를 달아 주거든
하지만 그리 좋은 게
아닐지도 몰라 왜냐면
사랑은 항상 떠나기 마련인데
그럼 가슴이 무너진 내 모습을
남들이 보게 되잖아
난 비통해하지 않아
난 부서져

너에게 모든 걸 주려고
내내 이 길을 걸어왔는데
너는 눈길조차 주지 않았다

이용하는 사람
그리고 이용당하는
사람

- 나는 둘 다였다

너를 벗겨 내고 있어
내 살갗에서

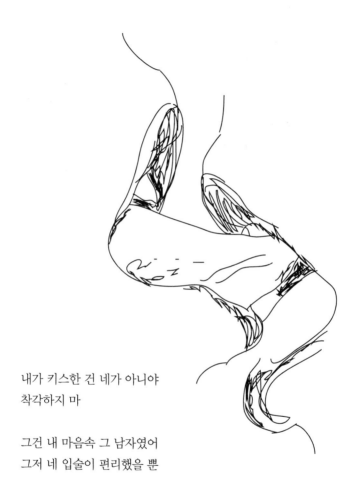

내가 키스한 건 네가 아니야
착각하지 마

그건 내 마음속 그 남자였어
그저 네 입술이 편리했을 뿐

그것은
끊임없이 되돌아오죠
부글부글 끓고
뱅뱅 맴돌고
간지럽히며
당신한테 되돌아와요

나는 음악이었어
하지만 넌 네 귀를 틀어막았지

내 혀가
이리 고약한 건
너에 대한
그리움 때문이야

네가 나를
네 삶에 끼워 맞추게
두지는 않겠어
내가 원하는 건 너와
함께하는 삶이야

– 차이

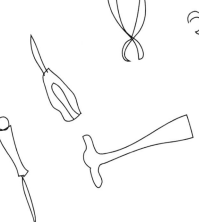

내 입에서 떨어지는 강물
내 눈에 다 담지 못할 눈물

너는 뱀의 가죽
나는 너의 허물을
계속 벗겨 낸다
내 마음은
네 아름다운 얼굴을
하나하나 잊어 가는 중
놓아주기는
망각이 되어 간다
더없이
즐겁고 슬픈 일이
되어 간다

네 잘못은 떠난 게 아냐
네 잘못은 돌아온 거야
그리고
내킬 땐 나를 갖고
아닐 땐 떠날 수 있다고
생각한 것

그 사람이 내 손을
가지고 떠났으니
난 이제 어떻게
글을 쓰지

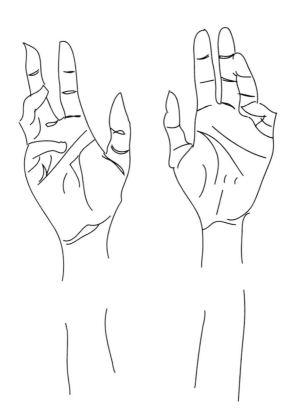

우리는 피차 행복하지 않지만
피차 떠나는 것도 원치 않아서
계속 상대를 망가뜨리면서
그걸 사랑이라고 부른다

우리의
시작이
정직했으니
그렇게
마무리되기를

– 우리

너의 목소리
그것만
들어도
눈물이 나

왜 그랬을까
왜 스스로 내 몸을
찢었을까
상처를
꿰매는 게
이리 아프다는 걸
나만 몰랐네

사람들은 가고
없어도
그들이 떠나는 모습은
영원히
남아 있다

사랑은 잔인하지 않아
잔인한 건 우리야
사랑은 게임이 아니야
우리가 사랑을
게임으로 만들지

우리의 사랑이 어떻게 죽겠어
이렇게 여기에 다
쓰여 있는데

그 상처
그 상실
그 고통
그 좌절을 겪고도
여전히 나는
오로지 네 몸 아래
벌거벗은
몸이고 싶다

네가 떠난 그날 밤
만신창이로 깨어났을 때
내 파편들을
눈 밑 다크서클에
모아 두었다

가지 마
웅얼거린 순간
네 뒤로
문이 탁 닫혔다

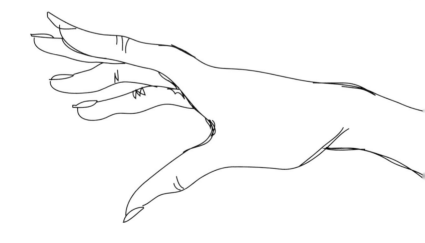

자신 있게 말하는데 나는 너를 극복했어. 이젠 아침에 웃는 얼굴로 깨어나 양손을 맞잡고 우주가 널 치워줬다는 데 감사할 때도 있어. 천만다행이야 하고 소리쳐. 천만다행이야 네가 떠났다니. 난 제국이 되지 않아. 네가 머물렀다고 해도 난 오늘의 나와 같았을 거야.

하지만.

어떤 밤엔 네가 나타나면 어떡하지 생각할 때가 있어. 어떤 모습으로 걸어 들어올까 하고. 그 순간 네가 저지른 헛짓거리들은 몽땅 가장 가까운 창밖으로 날아가 버리고 사랑은 다시 피어날 테지. 언제 떠났었냐는 듯 내 눈에선 사랑이 넘쳐 흐를 거야. 오래오래 침묵하는 훈련을 한 덕에 재회가 이토록 우렁찰 수 있는 거라고. 누가 이걸 설명할 수 있을까. 분명 사랑은 떠났는데 떠나지 않았다니. 넌 이미 먼 과거가 됐는데도. 나는 속절없이 너에게 또다시 끌려와.

그는 돌아오지 않아
내 머리가 속삭여
아냐 꼭 돌아올 거야
내 가슴이 흐느껴

– 시들어 가다

난 친구 하기 싫어
난 너의 모든 걸 원해

– 더

속눈썹을 잃어버리듯 너의 파편들을 잃고 있어
모르는 사이에 모든 곳에서

떠난다면
넌 나를 가질 수 없어
난 동시에 두 군데
존재할 수 없으니

– 친구로 지낼 수 없냐는 너의 물음에

나는 물이야

생명을 줄 만큼
부드럽기도 하고
익사시킬 만큼
모질기도 하지

가장 그리운 건 네가 나를 사랑한 방식이야. 하지만 그땐 몰랐어. 네가 나를 사랑한 방식은 내 됨됨이와 밀접한 관련이 있다는 걸. 그건 내가 너에게 준 모든 것들의 반향이었어. 그게 내게 되돌아온 건데. 어째서 그걸 못 봤을까. 어째서. 그렇게 나를 사랑해줄 사람은 아무도 없다는 생각에 젖어 여기 얼마나 앉아 있었나 몰라. 그걸 네게 가르친 건 나였는데 말이야. 내가 원하는 방식으로 나를 채우는 법을 알려준 건 나였는데도. 단지 네가 그걸 알아주었다는 이유로 나의 따뜻함을 네 공으로 돌리다니. 네가 내게 그 힘을 주었다고 생각하다니. 넌 그저 알아본 것뿐인데 네가 그 힘을 위트를 아름다움을 주었다고 생각하다니. 너를 만나기 전부터 난 이미 그랬는데도. 네가 떠난 후에도 난 여전히 그랬는데도.

그냥 가
떠나고 나서 머물려고 하지 마
어째서 그런 짓을 하는 거야
어째서 갖고 싶은 걸 버리는 거야
어째서 떠나고 싶은 곳을 맴도는 거야
어째서 가고 돌아오는 걸
동시에 할 수 있다고 생각하는 거야

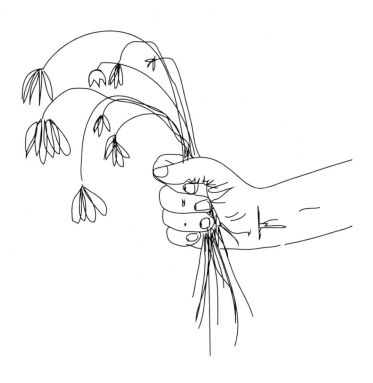

이기적인 사람들 얘기 좀 해볼게. 그들은 네가 다칠 걸 알면서도 네 삶 속으로 들어와. 너를 맛보려고. 단지 네가 놓치기 아까운 타입이라는 이유로. 네가 너무나 찬란히 빛나서 외면할 수 없다는 이유로. 그런데 말이야. 네가 무얼 줄 수 있는지 쭉 둘러본 순간. 네 피부와 네 머리카락과 네 비밀을 수중에 넣는 순간. 이 모든 것이 얼마나 진실한 것인지 깨닫는 순간. 네가 얼마나 대단한 폭풍인지 그래서 그들을 어떻게 후려칠지 깨닫는 순간.

그때 비겁함이 고개를 들어. 그때 네가 생각했던 사람은 그들의 슬픈 민낯으로 교체돼. 배짱이라고는 한 톨도 없는 꼴로 너를 떠나면서 말하지. 나보다 좋은 사람 만날 거야.

넌 발가벗겨진 채 서서 마음속 어딘가에 도사린 그들의 분신과 함께 흐느껴 울며 물어. 왜 그런 짓을 했냐고. 왜 사랑할 마음도 없으면서 사랑하게 만들었냐고. 그럼 그들은 이런 대사를 지껄이지. 그럴 수밖에 없었어. 기회를 잡을 수밖에 없었어. 다 너 때문이야.

하지만 그건 로맨스가 아니야. 달콤하지 않아. 그들은 네 존재에 삼켜질 바에야 차라리 널 부숴야 겠다고 생각한 거야. 자기는 패배자가 아니라는 확신을 얻기 위해서. 네 존재는 그들의 작은 호기심에 지나지 않는다는 확신을 얻기 위해서.

이게 이기적인 사람들의 진상이야. 그들은 모든 걸 걸고 도박을 해. 쾌락을 위해 영혼을 걸어. 너를 전부인 양 무릎에 올려 놓았다가도 어느새 한낱 사진으로 폄하해. 일순간에. 과거의 것으로 취급해. 순식간에. 그들은 너를 삼키고 나서 남은 평생 너와 함께하고 싶다고 속삭여. 하지만 그 순간 그들은 두려움을 감지해. 이미 절반쯤 문밖으로 꽁무니를 빼고 있지. 너를 의연하게 놓아줄 용기조차 없어. 사람의 마음 따위 하찮다는 듯.

이제 와서. 다 갖고 나서. 뻔뻔하게. 참 슬프고도 웃긴 게 뭐냐면 요즘 사람들은 전화기를 들어 전화하기보다는 네 옷을 벗기는 데 더 당당하다는 거야. 사과는 그렇게 못하면서. 너도 그렇게 그 여자를 잃은 거야.

— 이기심

해야 할 것들(헤어진 후에)

1. 침대로 피신한다.
2. 운다. 눈물이 마를 때까지(며칠 걸릴 것이다).
3. 느린 노래는 듣지 않는다.
4. 연락처에서 그 번호를 삭제한다. 손끝이 기억하겠지만.
5. 옛날 사진들을 보지 않는다.
6. 가장 가까운 아이스크림 가게를 찾아서 민트 초콜릿칩 아이스크림을 실컷 먹는다. 민트가 가슴을 달래줄 것이다. 초콜릿 정도는 먹을 자격이 있다.
7. 새 이불을 산다.
8. 선물이며 티셔츠 등 그의 냄새가 밴 것들을 모조리 모아서 기부 단체에 가져다준다.
9. 여행 계획을 세운다.
10. 누군가 대화 중에 그 사람의 이름을 입에 올리면 웃는 얼굴로 고개를 끄덕이는 연기를 완벽하게 연마한다.
11. 새로운 프로젝트를 시작한다.
12. 뭐든 한다. 전화는 하지 않는다.
13. 떠나려는 것들에 가지 말라고 애원하지 않는다.
14. 어느 시점이 되면 그만 운다.
15. 타인의 기분에 맞춰 평생 살 수 있다고 믿은 자신이 바보임을 인정한다.
16. 숨을 쉰다.

떠나면서
보여주는 모습이
모든 것을
말해준다

그런
치유

어쩌면 난
좋은 것들을
누릴 자격이
없을지도 몰라
기억하지 못하지만
내가 저지른 죄
그 대가를
치르는 중이라면

잘 모르겠어
글을 쓰는 게
나를 치유하는 건지
파괴하는 건지

널 원치 않는 것들을
붙잡아 두려고
애쓰지 마

– 붙잡아 둘 수 없어

그 누구보다
먼저
자기 자신과
관계를 맺어야 해

힘겨운 사랑에 끌려다니기엔
당신은 너무 괜찮은 사람
삶은 계속돼
삶과 함께 나아가는 것이
가장 좋은
건강법

고통은
인생의 일부
고통과 마주하길
두려워 말아요

– 진화

외로움은 자기자신이 절실히 필요하다는 신호

우리는 습관처럼
부족한 점을
메우려고
사람들에게
의지를 한다

그들은 그저
거들 뿐인데
우리는 그들에게 속아
타인에 대한 믿음이
우리를 완성하리라 믿는다

당신을 파괴한 사람의
발밑에서
치유를
구하지 말아요

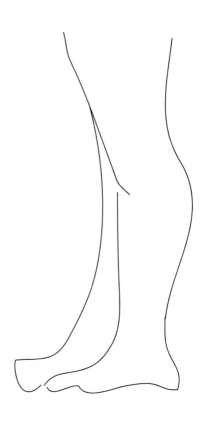

잘 넘어지는 약점을
타고난 사람은
일어나는 힘도
가지고 태어났다

세상에서 가장 슬픈 사람은
존재 여부도 확실치 않은 누군가를
기다리고 기다리며 사는
사람일지도 몰라

– 70억 명의 사람들

고통 속에서 굳건하기를
고통에서 꽃을 피워내기를
그대의 도움으로
내 고통은 꽃을 피웠죠
아름답게 피어나세요
아슬아슬하게
우렁차게
부드럽게
간절하든 아니든
그저 피어나기를

– 독자들에게

나는 우주에 감사해
앗아간 대로
모든 걸 앗아가고
주던 대로
모든 걸 주니까

– 균형

참혹한 상황에서도
선함을 잃지 않으려면
품위가 필요해

당신의 고독과
사랑에
빠져봐요

당신을 사랑한다고
말하는 사람과
정말 당신을 사랑하는
사람 사이에는
차이가 있다

가끔 말이지
사과를 원할 땐
도무지
사과 받지 못하고

원하지도 필요하지도
않을 땐 또
사과를 받을 때가 있어

– 너무 늦었어

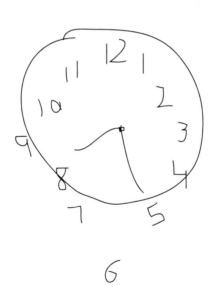

네 말마따나
내가 다른 여자들과 다르게 특별하다면
눈 좀 감고 키스해
네 마음에 들려면
다른 여자들과 어떻게 달라야 하는지
이러쿵저러쿵하는데
뭘 어쩌라는 건지 모르겠어
네 혀를 밖으로 끄집어내기라도 하라는 건지
너에게 선택받은 걸 자랑스러워 하라는 건지
네가 나를 다른 여자들보다 낫다고 생각하니
안심해도 좋다는 건지
모르겠다고

또 그 남자가
네 다리에 다시 자란 털을
지적하거들랑
네 몸은
그의 집이 아니라는 걸
상기시켜 줘
그는 손님일 뿐이니
다시는 주제넘게
선을 넘지 말라고
경고해 줘

부드러워지는
것은
곧
강해지는
것

당신
주변에 파묻히지 않고
도드라질
가치 있는
당신

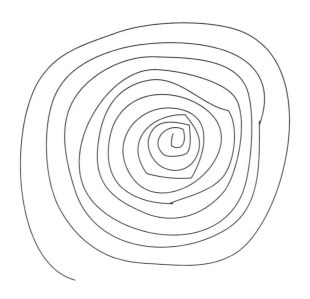

그래 힘들 거야
내 말 믿어
내일은 너무 멀고
오늘은 너무 거대해
헤쳐 나갈 자신이 없는
그런 기분 알아
하지만 헤쳐 나갈 수 있어
내가 장담해
상처는 지나가
항상 그래왔듯이
시간이 만들어 가는 대로
천천히 흘러가게
놓아줘
깨진 약속처럼
놓아줘

난 내 허벅지의 튼살이 좋아
인간다워 보이거든
우리가 대단히 부드러우면서도
필요할 땐 거칠고
정글의 야수 같다는 것도 좋아
난 우리의 그런 점이 좋아
우리는 능히 느낌을 감지하고
이별을 감수하고
상처를 의연하게 보살피지
여자라는 것만으로도
나 자신을
여자라고 부르는 것만으로도
나는 온전하고
완전해져

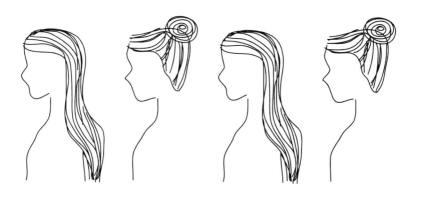

그들이 아름답다고 일컫는 것들에 대해
한마디 해 볼게
그들의 미적 개념에는 사람이 없어
피부 위에 정원처럼 자리 잡은
한 여자의 머리카락에서
나는 아름다움을 느껴
아름다움은 이렇게 정의돼야 해
혹은 풍파에도 끄떡없는 듯
하늘을 향해 치솟은
큰 매부리코
혹은 내 선조들이
허벅지가 나무줄기처럼 두툼한 여인들을
대대로 먹여 살리느라 일구었던 땅
그 땅의 빛깔을 띤 피부
혹은 깊은 확신에 덮힌
아몬드 모양의 눈
내 핏줄 속엔
펀자브의 강이 흐르니
내 여자들이
너희 나라 여자들만큼
아름답지 않다는 말은
그냥 넣어 둬

우리의 등에는
어떤 책등도
지니지 못한
사연들이
어려 있어

– 유색인 여성

자신을 받아들여요
타고난 모습 그대로

당신의 몸은
자연 재해 박물관
그게 얼마나
어마어마한 것인지
짐작이 가나요

너를 잃는 것은
나 자신을 되찾는
것이었다

다른 여자들의 몸은
우리의 전쟁터가 아니야

몸의 털을 몽땅
제거해도 좋아요
그게 당신이 원하는 거라면
마찬가지로
몸의 털을 고스란히
간직하는 것도 좋아요
그게 당신이 원하는 거라면

– 당신이 속한 곳은 당신뿐

내가 사람들 앞에서
내 월경 이야기를 꺼낸 건
분명 불경한 짓이었겠지
내 몸의 실제 생리 현상이
너무 실감나게 다가왔을 테니까

여자의 두 다리 사이에 있는 걸
파는 건 괜찮지만
여자의 두 다리 사이에서 일어나는 일은
함구하란 말인가

이 몸을 오락거리로 삼을 때는
아름답다고 하면서
그 본질은
추하다고 하는 세상

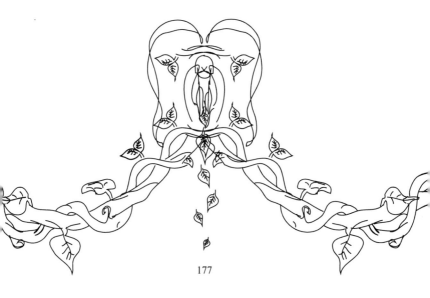

오래전 너는 용이었어
그 남자도 맨정신으로 그렇게 말했었지
넌 날 수 있었어

넌 여전히 용일 거야
그가 떠난 후에도 오랫동안

이제껏 내가
똑똑하다는 말이나 용감하다는 말보다
예쁘다는 말부터 했던 모든 여자들에게
사과하고 싶어
미안하다고
타고난 걸 자랑할 수밖에 없다는 건
벽에 부딪치며 살아온
그녀들의 영혼에
모자란 말로 들렸을 테지
이제부턴 이렇게 말할게
당신은 강인해
당신은 비범해
당신이 예쁘지 않아서가 아니라
당신이 그보다 더 가치 있다고 생각해서야

내가 가진 건
내게 있는 것
그래서 난 행복해

내가 잃은 건
내게 없는 것
그래서 난
여전히
행복해

– 인생관

모든 게 다 아프다고
네가 나를 보며 울먹이면

내가 널 안고 속삭여 줄게
모든 건 치유된다고

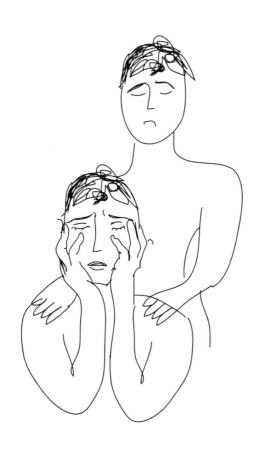

상처는
행복을 데려오기
마련이다

– 인내심을 가져요

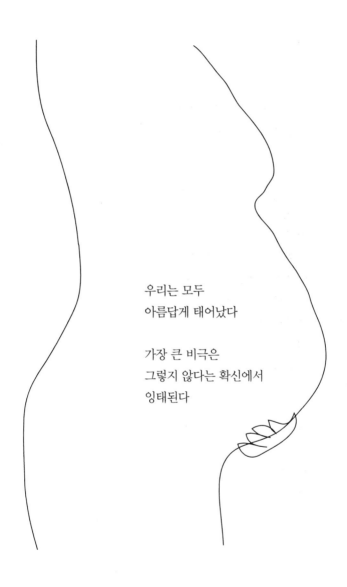

우리는 모두
아름답게 태어났다

가장 큰 비극은
그렇지 않다는 확신에서
잉태된다

카우르
나를 자유로운 여성으로 세우는
이름
나를 옭아매려는 속박들을 쳐내고
세상이 아무리 아니라고 악을 써도
내가 남자들과 동등함을
일깨운다
내가 개성을 가진 한 여성이며
나 자신과 우주가 나의 주인임을
선언한다
내게 겸손함을 불어넣는다
인간애를 나누며 자매애를 실천하고
전도해야 할 세계인임을
소리 높여 외친다
내 핏속에 흐르는
카우르라는 이름은
그 말이 탄생하기 이전부터
내 안에 존재한
나의 정체성이자 나의 해방구이다

– 카우르
시키(sikhi)의 여인

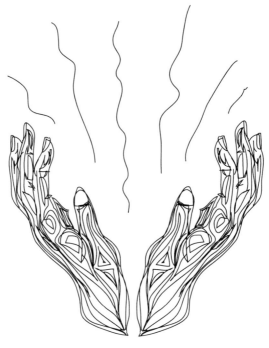

세상이
그대에게
많은 고통을
안겼는데도
그대는 여기서
꽃길을
깔고 있군요

– 이보다 더 순수한 것이 있을까

자신을 어떻게 사랑하느냐로
어떻게 사랑받고 싶은지를
보여줄 수 있어

내 애간장을 태우는 건 누구보다 자매들이다
여자를 돕는 여자들은
봄이 꽃들의 애간장을 태우듯 그렇게
내 애간장을 태운다

그대 두 다리 사이의 여신이
뭇 입들을 적신다

당신이 바로
당신의
소울메이트

어떤 사람들은
워낙 고약해서

극진하게
대접해야 해

주변의 여성들이
얼마나 강인하고 빼어난지
깨닫는 순간 우리는
다 함께 전진한다

당신이 여기서 아름다움을 발견했다면
내 안에 아름다움이 있어서가
아니야
그건 당신 안 깊숙히 뿌리를 내린
아름다움이 있기 때문이지
그래서 어디에서나
당신의 눈이 그걸 보는 거야

털
원래 거기 있을 게 아니면
우리 몸에서
자라지도 않았을 거야

– 우리는 가장 자연스러운 것과 전쟁 중

사람들은 대부분 거창한 사랑을 꿈꾼다
하루의 막바지에서
사랑만이 전부인 양
모든 것을 무의미하게 생각한다
이 페이지도
지금 앉아 있는 곳도
학위도
일도
돈도
다 하찮은 것처럼
누가 나를 사랑했고
내가 그들을 얼마나 깊이 사랑했고
내가 주위 사람들을 얼마나 감동시켰고
내가 그들에게 얼만큼 주었느냐 하는
사랑과 인간관계에
매달린다

한결같고 싶다
단단히 땅에 뿌리를 박고
이 눈물이
이 손이
이 발이
스며들도록

– 땅에 서다

어느 단계에선
원인은 그만 찾고
그대로 놔두어야 할 것은
그대로 놔두어야 한다

자신에게 충분하지 않다면
다른 사람에게도
충분할 수 없다

남은 평생
함께해야 할 사람은
누구보다
자기 자신

물론 나도 성공하고 싶어
하지만 나를 위해 갈망하는 건 아니야
내가 성공해야 하는 이유는
충분한 우유와 꿀을 얻기 위해서
그래야 내 성공을 도운
사람들을 도울 수 있어

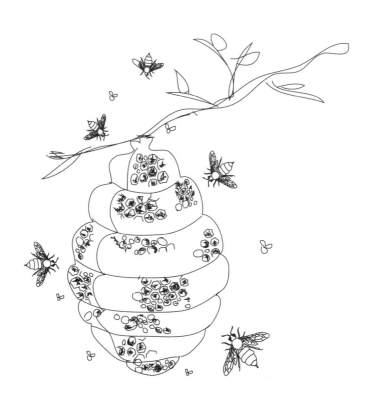

시(詩)를 낳는 생각만 해도
가슴이 두근거린다
이것이 내가 몸을 활짝 열고
시의 잉태를 멈추지 않는 이유
단어와의
성교는
참으로 에로틱하다
나는 글쓰기와
사랑에 빠졌다
아니면
욕정에 사로잡혔거나
둘 다일 거야

내가 가장 두려워하는 건
남들이 성공할 때
입에 거품을 물고 질투하고
남들이 추락할 때
안도의 한숨을 내쉬는
우리의 모습이다

서로를 축하하기 위해
애쓰는 우리의 노력은
인간다운 삶에서
가장 어려운 난제임이
분명하다

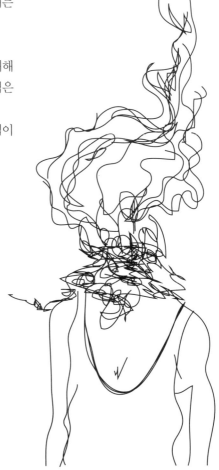

예술은
얼마나 많은 사람들이
좋아하느냐에
달린 것이 아니다
예술은
예술가 스스로 자기 작품을 좋아하느냐
예술가의 영혼이 자기 작품을 좋아하느냐에
달린 것이다
예술가가 스스로에게
얼마나 정직한가에 달린 것이다
그러니 절대
호감을 사기 위해
정직함을 포기해선
안 된다

- 모든 젊은 시인들에 바침

당신에게 줄 것이
아무것도 없는 이들에게
주세요

– 사심 없는 봉사

당신은 더없는 정직함으로
나를 쪼개 열었어요
다시는 글을 쓸 수 없을 거라는
확신에 사로잡혀 있을 때
당신은 영혼을 쪼개 열고
나를 글로
인도했어요

- 고마워요

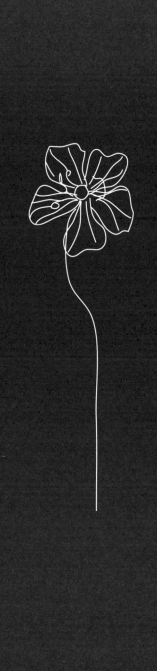

끝까지 오셨군요. 이제 내 마음은 당신 손에 있어요. 여기까지 무사히 와줘서 고마워요. 가장 예민한 나의 분신들을 상냥하게 품어준 것도. 앉아보세요. 심호흡을 해봐요. 많이 지쳤을 테니. 당신의 손에 입맞추게 해줘요. 당신의 눈에도. 당신의 손과 눈은 다정함에 목말라 있을 거예요. 내 모든 애정을 당신에게 드리죠. 당신이 아니었다면 난 아무것도 아니었을 거예요. 당신은 내가 되고 싶던 여자가 되게 했어요. 너무 어려워 보였는데. 당신이 내게 얼마나 큰 기적인지 알고 있나요. 얼마나 멋진 일인지. 내게 영원히 멋진 일로 남을 거예요. 나는 당신 앞에 무릎을 꿇고 있어요. 당신에게 고맙다는 말을 하면서. 당신의 눈에 내 사랑을 보내요. 당신의 눈이 늘 사람들에게서 선함을 보게 되기를. 당신이 늘 친절을 베풀기를. 우리가 서로를 하나로 보게 되기를. 우주가 주는 모든 것들을 사랑하게 되기를. 그리고 땅을 딛고 서기를. 뿌리를 내리기를. 우리의 발이 굳건히 땅을 딛고 서기를.

— 당신에게 드리는 사랑의 편지

밀크 앤 허니

초판 1쇄 인쇄 2017년 3월 24일
초판 1쇄 발행 2017년 4월 3일

지은이 루피 카우르
옮긴이 황소연
펴낸이 이승민

펴낸곳 도서출판 천문장
전화 031-913-0650
이메일 1000sentences@gmail.com
ISBN 979-11-960239-1-1 03840